KB078742

인어공주
콤플렉스

인어공주
콤플렉스

~~~mermaid complex~~~

I love you.

샐린 D.최

좋은땅

바깥세상을 내다본 인어공주는 밤하늘의 별을 보았어.

저 깊은 바닷속에서 밤하늘의 별을 동경했지.

여느 날도 별을 보려고 물위를 올려다보았는데

가장 밝은 별 밑의, 배 위로 왕자와 눈이 마주쳤어.

그 둘은, 찰나의 순간에

사랑에 빠졌단다.

왕자는 인어의 하얀 피부와 물에 젖은 머리칼을 기억해.

공주는 별 밑에 떠 있던 왕자의 그림자같은 자태를 기억해.

사랑에 빠진 공주는 인간이 되기 위해 마녀에게 목소리를 맡긴 채

다리를 얻었어.

그녀가 육지로 걸어나오자 마녀의 저주로 목소리가 나오지 않았고

말을 할 수 없었지.

걸어 본 적이 없었기에 제대로 걸을 수도 없었어.

그녀는 목소리를 포기한 만큼 그를 간절히 찾았어.

～～～～～～～～～～～～～～～～～～～～～

육지로 가는 데까지 발에 가시가 찔렸고 피가 나고 넘어졌어.

하지만 걸을 수 있을 때까지 걸었단다.

그녀는 느낄 수 있었대.

그를 만나게 되리란 것을.

그녀는 걸었어. 때론 뛰기도 했지.

어느날은 걷다가

넘어져 피가 났어.

그때 누군가 그녀에게 물었어.

"괜찮으세요?"

그녀가 천천히 고개를 들자,

햇빛을 등지고 한 남자가 손을 내밀고 있었어.

그는 바로, 그녀가 처음 사랑의 감정을 느꼈던 왕자였어.

~~~~~~

어디로 가야 하는지조차 알 수 없었지만
둘은 결국 만나게 되었고
사랑에 빠졌어.

그러자 공주는 목소리를 되찾고 마녀의 저주에서 풀려나게 되었대.

그녀는 항상 생각해.

"내가 넘어지지 않았다면 우린 만날 수 있었을까?"
라고.

'넘어지는 것이 꼭 나쁜 것만은 아냐!'

차례

두 번째

{{ Love }}

〜〜〜〜〜〜〜〜〜〜〜〜〜〜〜〜〜〜〜〜〜〜〜〜〜

사랑에 목이 타니?

인생은 짧다.

항상 급할 때 시간은 부족하고
사랑이 끝나고 나서는 미련이 남는다.

왜 항상 인간은 끝나는 직후에 아름다운 것을 더 요구하게 되는
걸까?

우리가 그 순간을 넘어 더 사랑했으면 행복했을까?
시간은 너무 짧다.

사랑은 더 요구하고 더 받아도 자신의 그릇에 넘치는 물이라 결국
자신의 그릇만큼만 받을 수 있는 것이다.
내가
조금 더
넓은 마음이었으면 더 사랑받았을 거고 더 사랑했을 것이고
행복을 조금 더 늘릴 수 있었을 텐데
나는
지금도 나의 그릇 때문에
내 시간이 짧다고 탓하고 있진 않은가.

사람의 인생은 기억으로 완성된다.
그는 나에게 기억을 심어 주려 한다.
사랑한 기억
행복한 기억
일생의 단 한 번뿐인 기억을.

먼 후에도
다음 차원에서도
그 어디에서도

그 느낌을 기억하는 내가 당신을 찾아갈 수 있게.

우리가 마주한 날 당신은 나를 알아볼 수 있을까?

첫 번째

{{ Life }}

•

처음 육지를 내디디며

물고기 친구들과 떠나며

모래를 밟다.
육지의 모래를 밟고 해를 보며

'나는 인어였었어.

내가 사는 물속은, 자유로웠고, 포근했고, 따뜻했지.

따뜻한 물속을 포기하고 처음 육지로 나왔어.

다리를 얻고 목소리를 포기했던 나에게,

세상 밖은 생각보다 지저분하고, 복잡하고, 자유롭지 않았던 것 같애.

하지만, 이 차가운 육지에서 나를 견디게 해준 것은

누군가의 따뜻함과 사랑이었어.

그 사랑과 배려 없이,

나는 절대 이 육지에서 자유롭게 숨쉴 수 없었을 거야.'

어린아이에게 키가 작아서 무릎을 굽히는 게 아냐
그 순수함에 무릎을 꿇는 것이지
아이에게 무릎을 꿇는 어른들은
순수함을 존경하는 사람들이야

- 누구보다 섬세한 당신에게

누군가 말했어.

꿈을 포기하기 전에,

이룰 수 있다는 생각 하나만 하고 달리라고.

원하는 것 하나만 생각하고 달려 보라고.

두려워 말고.

너무 걱정하지 말라고.

시간이 지나면 두려움도 아무것도 아닌 게 될 테니.

당신의 능력을 믿으라고.

"물 밖으로 나오면 낯설기 때문에 항상 정신을 바짝 차리고 있어야 해.

그래야 너에게 내가 다치지 않고 갈 수 있겠지."

오늘 하루 어땠어?

우울했니?

아쉬웠니?

즐거웠니?

원래 이런 날도, 저런 날도 있는 거야.

'나는 육지를 밟으며 사람들이 사는 세상과 몇몇 사람들이 뭔가를
이루는 과정들을 지켜보았어.

사람들은, 여리면서도 강해.
단지 겉으로 드러나느냐의 차이일까
한 발자국씩 걸어가면서 기록했어.

그들과 나의 모습들을'

인생이란 뭘까

누구나 한 번쯤 생각해 본 문장

난해하고도 정답이 있고 없는 문장,

지금 할 수 있는 것에 최선을 다하는 것

물

사람은 물과 같아서, 고여 있으면 썩게 된다
행동해야만 하고, 움직여야만 하고,
매일 새롭게 시작해야 후회가 없다

'지금 힘드시나요?
지금 힘들다 해서, 계속 힘들단 법도 없고,
힘든 건 또 지나가고 행복한 일이 오기 마련이고
지금 혼자라고 해서 쭉 혼자일 수도 없어요.

모든 시기는 지나가기 마련이고
좋다고 안일해서도, 힘들다고 우울해할 필요도 없어요.
어차피 다 지나가는 '때'이니깐요.

'사람들은 행복할 땐 힘든 때를 생각하지 못하지만
힘들 땐 항상 행복했을 때를 생각한다.'

어느 날

어릴 때의 경험과 생각이 나를 만들어서 나를 모르고 살았었어.

익숙한 건 무서운 거야.
편안함에 익숙해지면, 눈앞이 가려지고
배려에 익숙해지면, 감사할 줄 몰라.

그래서 항상 새로운 마음가짐으로 시작을 해야 돼.
하던 일도, 생각도, 마음가짐도 오늘이 항상 시작이어야 돼.

미래가 두렵니

미래가 두렵니?
미래가 기다려지니?

운명은 바꿀 수 있는 거야.

일단 부딪혀 봐

"인간이 못 해내는 건 없어
나는 그렇게 생각해

니가 좋아하는 일에 있어서,
그냥 한 번 밀고나가 봐
인생은 생각보다 길어서, 좋아하는 일을 하기에 시간은 충분해.

생각하기 나름이야."

뭔가를 빨리 이루고 싶을 때는
마치 그 상황이 이루어진 것처럼 믿고 행동해 보자.

생각의 방향

사람은 결국 생각을 하는 방향으로 가게 되어 있어.
가끔씩 부정적인 생각이 들더라도
다시 더 잘될 거라고 믿어 봐.

그럼 분명 좋은 일들이 생길 거야.

간절하면 이루어진단 말 있잖아?
단지, 얼마나 간절하냐의 차이.

거울을 보며 웃고, 나에게 칭찬을 해.

달

달은, 가득 차면 기운다.
기운 달은, 다시 사라진다.
그리고 사라진 달은, 또 다시 차오른다.
우리의 인생은 바로 그런, 것이다.

역린

'역린'이라는 말이 있다.
용의 목에 거꾸로 난 비늘.

상대방의 건드리면 안 될 부분을 말한다.

사람과의 관계에 있어서
건드리면 안 될 부분을 피하면
되돌아오는 화살을 막을 수 있다.

때론

때론 단점이 장점이 될 수도 있단 말.

살릴 수 있는 단점을 잘 살리면 남들보다 뛰어난 재능이 될 수도 있어.

여린 너에게

너는 여린 사람이니?

그건 특별한 거야.
감성이 풍부하면 상처받기 쉬워.
남들보다 특별한 감정 하나를 더 가지고 있는 거지.
그 감정으로 인해 생각이 더 많고, 더 많이 느껴지고, 더 많이 보일
거야.

섬세한 만큼 남들이 느낄 수 없는 걸 느낄 수 있고 남들이 볼 수 없
는 것들을 볼 수가 있지.
특별한 거야 그건.

눈물이 때론 보석이 될 수도 있단다.

'예민하다고들 하죠.

이건 예민해서 느낄 수 있는 예민한 사람들만의 감성이에요.
훨씬 더 많이 슬퍼한 날들 만큼
더 많이 느낄 수 있고, 더 많이 볼 수 있고,
더 많이 공감할 수 있어요.
슬픈 건 가끔은 나쁜 게 아니에요.'

인생의 도피처

'인생에서는 마음이 도망갈 곳이 항상 있어야 한다.'

도피처가 있어야 마음이 쉴 수 있다.
마음의 병을 예방할 수 있다.

산이나 바다, 호수같은
마음의 짐을 놓고 올 수 있는 곳이 항상 있어야 한다.

선택

선택을 후회해 본 적 있니?

복잡한 상황에서 한번 피하려고 하면 이래나 저래나 환경만 달라질
뿐 겪는 일들은 비슷하더라.
이 선택을 했다고 투덜거릴 게 아니에요.
이 선택을 했든 안 했든 좋고 나쁜 게 비슷했을 거니깐요.

올 것은 오니까 스트레스 받지 말고 할 수 있는 것에 집중하세요.

불안할 때는

가끔씩 불안할 때는 무엇 때문인지를 들여다보고
인생에서 남는 것에 시간을 쓰세요.
불안할수록 뭔가를 더 열중하고 열심히 하라는
말이 있죠.
움직이고 사람을 많이 만나고 바쁘게 취미생활을 가져 봐요.
다른 곳으로 신경을 돌려보세요.

Life in wave

폭풍우가 지나가면 잠시 조용했다가 햇빛이 뜨듯이
힘든 일이 지나가면 행복한 일이 생긴대.

그것은 삶의 이치이지.
힘든 일 뒤엔 훨씬 더 좋은 일이 생길 거야.

'인생은 어디에 집중하냐에 따라 180도 달라집니다.
당신은 어떤 것에 집중하고 있나요?

당신은 지금 무슨 생각을 하고 있나요?'

너에게 쓰는 편지

몇 년의 세월동안 나는 많은 사람들을 보았어.

사실 너의 마음을 알아.

혼자 울고 있었을 마음도,

널브러진 짐들에 마음이 혼란스럽겠지?

내가 위로가 될까.

내 작은 고양이는 내 앞에 있는데 말이야.

너는 아무것도, 없었을 테니깐.

내가 힘이 될까.

너는 내가 처음 밟아 보는 그 곳에, 길이 되어 주고 위로가 되어 주었는데.

나밖에 몰랐던 시간 속에 스스로 돌아보게 만드는 시간을 가졌어.

나를 돌아보지 않았더라면 나는 여전히 새장 속 새처럼 살았을 거야.

나는 사실 너를 다 이해해.

너만큼이나.

너도 마찬가지이겠지.

니가 힘들 때 나는 너의 무릎에 앉아 눈물을 닦아 주는 조용한 고양
이가 되어 줄게.
그러니 힘들다고 혼자 방안에서 몰래 흐느껴 울지 않아도 돼.

니가 슬픈 날
나는 너의 소리 없는 고양이가 되어 줄 테니깐.

사랑해 친구야.

서로가 항상 힘이 되어 곁에 있어 주길 바래
영원히-

'사람의 뇌는 반복해서 생각하면
나도 모르게 외워지는 경향이 있다.
무언가를 반복해서 생각하다 보면
나도 모르게 그렇게 행동하게 된다.'

안 좋은 감정을 오래 가지고 있지 말자.

"꽃피는 계절

꽃내음 만개하면 첫물 좋다가 이내 끝물 어지러워라

코끝 어지러울 때 즈음 내 마음도 어지러워지네

꽃 한 번 져야 열매 활짝 맺듯이

좋은 기억도 계속 붙들고 있으면 시들뿐

나는 시든 너를 감싸 안고 있었구나."

걱정

꽃 심으면 안 필까 걱정하고 꽃피면 또 질까 걱정하네.
피고 짐이 모두 시름겨우니 꽃 심는 즐거움 알지 못해라.
- 이규보의 시조 中

걱정하는 80%는 일어나지 않는 일이라고 하죠.
안 하면 안 해서 두렵고,
막상 시작하면 잘 될지 안 될지 후회는 없을지 걱정되고,
모든 길에 정답보다 내가 선택한 것에 후회는 없어야 해요.

어차피 생길 일은 생기고 그와 함께 좋은 일도 생길 일은 생겨요.

공존

음지에도 양지는 있고, 양지에도 음지는 있어.
선과 악은 공존하니깐
그것을 잘못되었다고 할 수 없어.
좋은 일에도 나쁜 것이 따르고
나쁜 일에도 좋은 것이 따를 때도 있듯이 말이야.

단련

좌절하지 마.
한 번만 견디면 다 지나가는 거야.
태풍 지나가면 해 뜨는 것처럼.

처음만 힘들 뿐이야.
단련되면 조금만 힘들면 넌 최고가 될 수 있어.

'나에게 좋은 일만 있었으면 좋겠다.
항상 좋은 일들이 훨씬 더 많길.'

마음의 건강

'사람들은 복잡한 환경 속 저도 모르는 스트레스로 저도 모르는 정
신병을 하나씩 가지고 있는 경우가 있어요.
하루 단 10분이라도, 좋은 책을 읽거나
좋은 말을 하고, 마음을 가라앉힌 후, 잠자리에 드는 게 좋아요.'

바람

가끔은 바람 가는 대로 편하게 돼요.
너무 압박감 가지는 것은 좋지 않아요.
가끔 바람가는 대로
바람이 인도해 주는 길로 따라가 보세요.
보지 못한 것들을 볼 수도 있어요.
더 행복한 경험을 할 수도 있어요.

바람가는 대로 몸을 맡겨 봐요.

가끔은 다 놓는 것도 필요할 때가 있어요.

인생향기

얼굴의 감각이 맡는 감정의 향기
바람결에 인생향기 스쳐지나가네

보지 않아도 느껴지는
느끼지 않아도 알 수 있는

보이지 않아도 진실같은
가끔 나를 속이고마는
부드러운 바람향기

나의 친구에게

나는 가끔 너를 이해하지 못했어.
지극히 혼자 있길 좋아하고 혼자 생각했던 넌,
결국에 혼자이길 선택했고 혼자가 되었었지.
그런 너에게 난 네가 혼자란 생각이 들지 않도록 해 주는 사람이 되
어 주고 싶었어.

항상 기억해 줘.

네 곁엔 함께 울고 슬퍼하고 함께 행복해할 친구가 있단 것을.

'인생은 주변에 어떤 친구를 두냐에 따라
그 사람 인생의 80%가 달라질 수 있어요.
친구 따라 간단 말이 가끔 맞아요.
주위에 어떤 친구가 있나요?'

소망

내가 하고 싶은 걸 해야 해요.
그래야 나중에 후회가 없어요.

차근차근 한번 실천해 봐요.
생각보다 실천하는 게 중요해요.

'사람과의 경쟁에서 이기는 방법은, 싸워서도 아니고
단지, 내 할 일에 충실하는 것이
때론 이기는 거야.'

'아름다운 풍경도 매일 보면 지겨워지듯이
새로운 것에 대한 갈망이 끊어지면
그때부터 인생은 재미없어지기 시작한다.'

옛 친구들

나의 옛 친구들 중에서는 자기가 가지지 못한 걸 가진 친구에 대해
의심하고 시기하는 사람들이 있었어.
그런 친구들은 약한 모습을 보여야 동정을 보이고 동요했었지.

이해할 수가 없었어.

하지만 어느 날 문득 내가 힘들어졌을 때 뒤돌아보니 나 또한 그런
면이 있었어.
순간적으로 마음을 고쳐먹었지만 항상 생각해.

'누구나 다 외롭고 약한 모습이 있는데, 나는 이해를 바랐으면서 왜
난 그 사람들을 이해를 할 수 없었을까.'
그것은 그 당시 상황의 자존감과 만족감 때문이었던 것 같아.

'어차피 한번은 견뎌야
다음으로 넘어갈 수가 있어.

힘든 상황에서 이겨 내는 습관을 들여놓자.
가끔 물러나는 것도 이기는 방법이야.'

'세월은 인간이 만든 길 따라가고
바다는 있는 그대로 사람이 따르지
파도 쳐야 바다이듯이
세상사 또한 파도는 있어야 인생이야.'

미움

"저는 어릴 때 모두가 나를 좋아해야 한다고 생각했었어요.
하지만 살아보면서 문득, 피해갈 수 없는 미움이란 게 있더라구요.

하지만 피해갈 수 없는 저에 대한 사랑도 있더라구요.

미움은 미워하는 자가 더 고통스러운 법이에요.
더 나은 삶을 위해선 자신을 위해 용서하는 법도 알아야 해요."

악몽

가끔씩,
자기 전과 자고 있을 때
내 약한 구석을 파고드는 꿈이 있었다.

생각해 보면 잠을 자든 깨어 있든 나의 약한 구석을 파고들어
문득문득 두려워지는 생각들이 있었다.

누구나 다 약한 마음 하나쯤은 가지고 있다.
그러니 혼자라고 느끼지 말아.

니 편은 있어.
힘든 과정이 지나가면 온 세상이 너를 반겨 줄 거야.

기도

고마운 사람들이 더 많아지게 해 주시고 그 감사함으로
저도 누군가에게 고마운 사람이 되길
간절히 기도합니다.

어둠속의 빛

어둠속의 빛이 더 밝아 보이는 것처럼
어둠속에 있어 봐야 빛의 가치를 안다.

의지할 데가 빛줄기 하나뿐이란 것을
빛이 없으면 아름답지 않은 어둠이란 것을

낮엔 모르다가 밤이 되면 알게 된다.
빛이 사라지면 알게 된다.
그 빛의 가치를

"하늘에 별 있듯이 바다에 등대 있고
어두운 밤길 가로수 있듯이
밤길 비춰 주는 빛은 있다네

한 발짝 걸어 나가면 흐릿한 길 점점 선명해지기 시작하네."

어느 추운 하루

어느 추운 하루 입에 나뭇잎을 문 소녀가 문을 두드렸다네.
소녀는 나뭇잎이 떨어질까 말을 못하여
나는 추운 소녀를 추위로 돌려보냈었다네.
소녀는 그날 나뭇잎을 빼 달라고 내게 말했던 것이라네.
말 못할 이유를 알아 달라고 날 찾아왔던 것이었네.

나는 그 추운 날보다 더 추웠던 사람이었네.

바람 불면

바람 불면 파도치듯이
누구에게나 인생의 파도는 있어
지구에 바람이 존재하듯 자연스러운 일이지

단지, 견디느냐 휩쓸려 가냐의 차이야

꽃

세상 모든 꽃들이 꽃 피진 않지만
필 수 있는 꽃은 꽃을 피워요.
바싹 마른 도로에서 꽃이 필 때도 있고
때론 돌 사이 핀 꽃이 더 아름다울 수도 있어요.

사람도 마찬가지예요. 필 꽃은 핀답니다.

밝은 해를 보고 비도 느껴 보고 바람도 느껴 보고 사랑도 느껴 보고 세월도 느껴 보세요.

활짝 피는 때가 와요.

세월은 금방이랍니다.

하나를 마무리하고 다음으로 넘어가는 습관을 가지세요.

따뜻한 시기에 꽃이 피려면 추운 겨울을

버티고 억지로라도 해를 봐야 꽃 피울 수 있어요.

그러면 한겨울에도 꽃이 피어날 수 있어요.

인생은 한 송이 피어날 꽃인 걸요.

"청춘은 새싹이라고 하죠.

돋아나는 새싹

그 새싹은, 봄이 되면 꽃내음 폴폴 나고

꽃봉오리 맺혀 활짝 피어나는 꽃

꽃 졌다고 우울해하지 마세요.

꽃 지면 열매 맺으니깐요."

'하늘을 보니 달이 구름에 가렸구나.
구름에 달이 가리는 것은 자연스러운 세상의 이치이니
아파하지 말아라.

구름 지나가면 하얀 보름달이니.

시간 지나 보니 구름은 지나가고
보름달만 하얗게 빛나고 있구나.

시간이 지나면 눈앞의 먹구름도 지나가리니
밝은 보름달을 맞이할 생각만 하렴.

다 지나갈 거란다.'

시간

사람들은 저마다의 잃어버린 시간이 있다.

감동을 느끼지 못한 시간

즐거움을 느끼지 못한 시간

소중함을 알지 못했던 시간

삶이 선물이란 걸 깨닫지 못했던 시간

사람들은 뭔가의 계기로 시간을 잃어버렸단 사실을 알게 된다.

잃어버린 것은 시간이 아니라 내 마음이었다.

마음을 잡으면 시간을 잡을 수 있는 것이다.

너무나 빨리 지나가는 시간을

습관

모든 것은 생각에서부터 시작된다.
좋은 생각을 하는 습관을 가지자.
운명이란 습관이 쌓여 인생이 흘러가는 거야.

좋은 행동은 좋은 습관이 되고
좋은 습관은 좋은 인생이 된다.

'행복했던 시절은 생각하며 그리워하는 게 아니라
추억하며 행복해해야 한다.'

'세월 빠르지?

짧은 인생 니가 원하는 걸 해.

우린 지금도 죽음을 향해 가고 있어.'

두 번째

{{ Love }}

•

사 랑 에 목 이 타 니 ?

괜찮으세요?

공주는 천천히 고개를 들자
햇빛을 등지고 누군가 손을 내밀고 있었어.

어디 사는지 어디로 가야 하는지조차 알 수 없었지.
하지만 둘은 결국 만나게 되었어.

가슴속에 심장이 뛰고 시간이 멎은 것 같은 느낌,
그 느낌은 혼자만 느낀 게 아니야.

둘은 서로를 알아보았고 이내 사랑에 빠지게 되었단다.
비로소 공주의 목소리는 돌아왔고 저주는 풀리게 되었어.
그리고 둘은 함께 오래오래 잘 살았대.

들리니

피부를 스치는 파도소리가 바닷바람이
너도 이 시원한 기분을 느껴 봐.
내가 사는 공간이야.
네 마음속에 스치는 바닷물을 느껴 봐.
절대 잊을 수 없을 거야.

바닷물은 눈물과 닮았어.
마음의 짠내

내가 사랑하는 너에게 내 바닷속 진주를 줄게.

내가 눈물을 흘리면 진주가 되어 네 마음속에 박힐 거야.
나는 네 심장의 일부니깐

내가 사라지면 빈 공간을 나 대신 채울 뭔가는 없어.

사람들은 눈물로 진주를 만들지 못해.

사랑

'사람들은 사랑을 할 때 모두 예술가가 돼.'

내 모든 걸 줄 수 있는 것도 사랑이겠지만
그 사람을 위해 죽을 수 있는 것이 과연 사랑일까.
그렇다면 죽을 수 없다면 사랑이 아닌 것일까.

진실한 사랑을 해 보는 그날까지

난 그 어떠한 것도 사랑이라고 말하지 않을 것이고 또 사랑이라고
말할 거야.

그는 마음을 꽁꽁 닫고 손을 내민다.

자신이 상처받을까 두려워서.
그러곤 그녀의 상처를 보듬어 주고 싶어서.

그녀는 손을 잡았다.
그의 상처를 낫게 해 주고 싶어서.

처음부터 상처는 그녀의 눈에도 보였다.

'예쁘긴 예뻤지,

내가 감당 안 되는 아름다움.'

사랑은 향기에 매료되어 심취하는 것이고
사랑이 끝나도 그 향기를 잊지 못하는 것이다.

시를 읽는다.

너를 읽었다.

너를 알았다.

네게 빠졌다.

You're different side in my mind.

너는 나랑 너무 닮아 있어.

너는, 내가 드러내지 않은 나의 모든 면인 것 같아.

나는 니가

나는 니가 없을 때마다 불안해.

보고 싶을 때마다 꺼내볼 수 있게 정해진 시간 동안 계속 내 옆에

있어.

삶이 한정되어 있어도

그 시간 동안

내 옆에 있어야 해.

"**나는 너에게** 한번 더 다가가기 위해 감성을 팔아.

하나둘 사라지는 감성에 너에게 도달하면 너는 내게 웃어 주겠니.

니가 웃어 주면 하나씩 사라졌던 감성들이 너로 다시 채워질 거야."

눈물

나의 눈에선 눈물이 아니라
그동안의 수많은 생각들과 감정이 떨어지는 거야.

운명은 있을까

널 만나면 인연은 있는 거야
우리가 사랑하게 되면 운명은 있는 거겠지

I'm alive everywhere

니가 날 안 순간부터 나는 너랑 항상 함께했어.
아침에 눈뜨고 잠들 때까지
니 머릿속에서 나는 너랑 항상 함께였어.

널 만나고 혹여나 내가 사라져도 난 항상 너와 함께일 거야.
그러니까
날 그리워하지 않아도 돼.
난 어디에서든 존재하니깐.

꽃

길을 걷다 홀로 핀 꽃이 외로워 보여
색깔이 없는 꽃에 피를 내어 색을 입히고
숨을 주어 육신을 입히고
마음을 주어 영혼을 입히니

꽃이 살아 움직여
내 곁을 떠나 버렸네

바람에 흩날려 떨어진 한 잎은 예술이 되어 버렸네
나의 한 줄기 꽃이여

어느 순간부터인가

나는 너의 전부가 되었고 일부가 되어 있었고 우리는 결국에 하나
였다.
어느 날부터 나는 너를 읽었고 너는 나를 읽었고
서로를 느낄 수 있었고 알 수 있었다.

마치 이 세기에서 계획되어 있었던 것마냥

다음, 또 다음 시대에서도 우린 만나게 되고 말겠지.

널 위한 노래 1

나는 머리를 꼬으며 음악을 듣지.
나는 쪼그려 앉아 노래를 흥얼거려.

내 모습이 보이니.

바람을 타고 너에게 흘러가
나를 잊지 못하게

내 손짓을 타고 나를 받아 줘.
옅은 미소를 띄우고
내 마음속에 들어와 줘.

널 위한 노래 2

길을 걸으면 너의 숨소리, 향기가 들려와.
내 마음을 홀리는 숨소리
너의 노래는 사람들을 감동시켜
그 감동은 어둠을 밑지고 다시 일어서게 만들지.
너에겐 그런 힘이 있어.

너는 알고 있었니
너는 보고 있었니

특별하면 외로워.
항상 그런 거야.

나는 널 이해할 수 있어.
나에게도 그런 면이 있으니깐.

세상을 움직일 수 있는 힘은 때로는 마음이라는 감동일 때가 있어.

너의 노래는 사람들을 감동시켜.

너의 멜로디에 매료되어 빈 공간들이 다시 채워지지.

그것은 돈으로도 살 수 없어.

세상에 슬픔이 없으면 행복이 아름답지 않듯이.

어두운 것이 없으면 밝은 것이 아름답지 않아.

모든 것은 공존해

바로 우리처럼.

오늘따라

오늘따라 니가 생각났어.
아, 사실 넌 항상 생각났어.

로망

나의 완벽한 모습도, 나의 평범한 모습도, 나의 불안한 모습도.

모두 사랑해 주는 게 모든 여자들의 로망이야.

이해해 줘

난, 나를 위해 노력하는구나에서 감동받고
무엇보다 어떤 상황에서든 내 편인 사람을 원해.

나를 이해해 줘.

그렇게 될 줄 몰랐어

처음엔 널 좋아하게 될 줄 몰랐어.
나중엔 널 사랑하게 될 줄 몰랐어.

느낌

널 보면 익숙한 느낌
가끔은 소름끼치도록 익숙한 느낌
너도 그렇니…?
만나기 전부터 느낀 그 느낌

비가 오면

오늘은 비가 내렸어.

흐르는 빗물에 내 마음도 눈 녹듯 흘러내렸어.

난 비오는 날이 싫어.

내리는 비에 마음이 흘러내리면 꽁꽁 숨겨뒀었던 니가 보이니깐.

너의 빈 공간이 전부 나로 채워지길

작은 손

작고 조그마한 나에게 넌 단풍 같은 손을 내밀었어.
그 손은 작아 보였지만 나는 그 손을 잡고 눈물을 딛고 일어섰지.
나중에 내가 성장했을 때 너의 손을 볼 때마다 항상 어린 내 모습이
생각나 마음이 아려.

그 손은 단단했지만 나에겐 부드러웠고
지금 보면 그 큰 손을 어떻게 내가 잡았나 싶어.
알고 보니 나를 배려해서 내밀었던 손이었기에
그 손이 없었다면 나는 눈물을 멈추지 않았을 거야.

아마 이 세상 이전에도, 또 이전에도
넌 항상 내 곁에 있었던 것 같아.

너와 난

"너도 날 생각하고 나도 널 생각하고
우리는 떨어져 있어도
눈에 보이지 않아도
항상 이어져 있었어.
눈앞에 없어도 내 안에 있었지."

니가 그리운 이유는 니가 보고 싶어서가 아니라

너의 사랑을 다시 느끼고 싶어서야.

이별

너에 지쳐 너를 떠난
니가 떠나보낸 그 여자는

한 남자가 그토록 그리워한 여자고
한 남자가 그토록 갈망했던 여자고
한 남자가 그토록 사랑했던 여자란 걸

어떤 남자의 전부였던 여자였단 걸

공기

'너의 숨소리를 들었어.

나를 향해 웃는 너의 숨소리

니 숨의 공기로 나는 즐거워하고 행복해하고

살아 있음을 느껴.

니가 사라지면 공기도 사라지는 거야.

숨 쉴 수 없어지면 또 혼자 숨 쉬는 연습을 해야겠지.

나는, 다른 공기보다 너의 공기로 인해 계속 숨 쉬고 싶어.'

내가 사는 공간

"내가 사는 공간은 지구가 아닌 너의 품이야.

니 속에서 숨 쉬고 니 속에서 웃고 니 속에서 슬퍼하고 니 속에서 너
와 마주보고 있지.

그래서,

니가 없으면 나도 없는 거야."

가로등

인생은 캄캄한 길에 너라는 등불 비쳐져 있는 것

내 길에서 너는 빛이 되어 주려 나타난 가로등
캄캄한 길에 니가 없으면 난 길을 잃지

이름

문득 이름을 바꾸고 싶단 생각이 들었다.
내 이름이 사라질 생각을 하니깐
이 이름이 한번쯤 누군가에게 진심으로 간절한 이름이었나
생각이 들었다.
너에게만 간절한 이름이 되고 싶다.

나무

나는 계속 그곳에 서 있었다.
답답해하는 널 지켜보고
웃는 널 지켜보고
순수한 널 지켜보고
그 자리에 계속 서 있었다.

너는 나를 알아보겠니.

향기 1

사람의 향기는 그날을 기억하게 하고 느낌을 기억하게 하고
풍경을 떠올리게 한다.
음악을 들으면 그때가 떠오르고 그 사람이 기억나듯이
옛집을 가면 옛 기억들이 떠오르듯이
사람은 오감으로 그 사람을 기억한다.
그래서 잊었다 해도 잊을 수가 없지. 잊은 척하는 것뿐.
다른 사람을 봐도 향기가 기억하고,
다른 곳을 가도 느낌이 기억하고,
다른 사람을 봐도 당신이 아니란 걸
머리 말고 다른 것들이 기억하니깐.

함께해 온 것들이 많다면 사람을 잊는단 건 없어.
잊은 척하는 것뿐이야.

향기 2

사람의 향기는 처절함을 남기고
차가움을 남기고
따스함을 남기고
분꽃향을 남기며
가끔은 오묘한 색을 남기기도 하지.

각양각색의 향기 속에서
너는 차가움의 향기니
따스함의 향기니
향기를 머금은 색깔이니

향기 3

'향기는 바람에 날려 세월에 날려 사라지더라도
그때 그 향기를 맡으면 그때가 떠올라,
기억은 바람에 날리지 않고 세월에 날리지 않네.

너도 평생 내 향기를 잊지 않길 바라
나처럼
문득 떠올라 그리워해 주길

또 그 향기를 맡을 수 있을까.'

'마음이 아팠어. 근데 넌 몰라

니가 아파해. 근데 난 알아.'

'사랑은 눈으로 보지 않고 마음으로 보는 거지."

Love looks not with the eyes, but with the mind.

- 윌리엄 셰익스피어

'오늘 너의 기분은 바닥에 깔려 있는 마치 안개 같은 기분.

우리는 서로를 찾기 위해

오늘도 안개를 휘저었다.'

"언젠가 때가 되면 우린 만나게 될 거야.

그때가 되면 너는 나를 잡아 줄 거지?

잡고 절대 놓치지 마."

"사랑은 가을빛 하늘 생각나는 게,
그 여자가 가을 느낌이었어.
긴 코트 입은 가을색 피부에 낙엽 같은 눈으로
단풍나무 느낌같이 내 앞에 서 있었지.
나는 항상 그때가 떠올라."

'너는 조용히 내 생각을 하면서, 조용히 혼자만의 상상을 하면서, 조
용히 미소 한번 흘리겠지.'

"오늘 술 한잔 할래?

나는 오늘 술 아닌 너에게 취할 거야."

'입가에 미소가 번져.

빨리 니가 내 가슴속에 파묻혀서 스며들면 좋겠어.'

"사랑은 말로 하는 게 아니야

가슴으로 느껴져야 알 수 있는 거야."

"여자들이 왜 권태기라고 이야기하는 줄 아니?

느껴지지 않아서 그래.
말로 하는 사랑이었으면 시작부터 하지 않았어."

수많은 사람들 중에 니가 날 알게 된 건 우연일까 필연일까.

너는 나의 악연일까 인연일까.

밤하늘을 보면 니 생각이 나.

넌 별이니깐

니가 보고 싶을 때마다 밤이 되길 기다려

니가 뜨길 기다려

밤이 조금 더, 길었으면 좋겠다.

'넌 나를 아프게 할 거야? 지켜줄 거야?'

"하나님이 제 눈을 가려도 저는 당신을 찾을 수 있어요.

그냥 익숙한 느낌을 따라가면 되거든요."

헤어진 후에 보고 싶은 건 잡고 싶은 건 너라서이기보다
그때의 너를 찾고 싶기 때문이란 걸.

"바다 앞에 있으면 바다 건너편에 니가 있는 것만 같아

다른 시간 속의 다른 공간 속의 다른 세상 속의 너."

향기에 취하고
너에게 취하네

오늘도 우리는 서로의 생각과 싸우고 있지.

시간은 우리를 운명으로 이끌어 줄 거고

아직은 시간의 물결이 느껴져.

너는 스쳐갈까 함께 갈까 나와 하나 되어 평생 갈까.

파도

내가 가끔 파도에 휩쓸려 다른 곳으로 가 있어도
너는 그 자리 그곳에 계속 서 있어 주겠니.

내가 언제든 찾아와도 널 볼 수 있게.

사라졌다고 슬퍼 마.
너에게 두 배로 난 다시 다가올게

잠깐 슬퍼하고 말아.
왜 슬퍼했는지 웃음이 날 정도로 널 행복하게 해 줄게.

니가 생각도 못할 시간에
나는 너에게 나타날 거야.

별

나는 바다에 있을 때 밤하늘의 별을 동경했었다.

멀리서 빛을 내뿜는.

사람들은 항상 고개를 들고 별을 바라본다.

어느 날 보니

나도 누군가의 가슴속의 별이었다.

수많은 별들 중, 너라는 별 하나.

같은 공간과 같은 시대에 살면서

같은 시간에 마주하긴 힘들어.

목소리

밤이 되면 우리는 연결되지
너와 나의 노랫소리
슬프고도 아름다워.
조금만 더
너를 부르면
내 목소리가 들리우니.

내 목소리를 듣고 나에게 다가와,
날 위해 피를 내주겠니.
내가 뱀파이어라도

나는 너의 피가 아니라 니 사랑을 확인하고 싶은 거야.
날 사랑해 줘.

균형

모든 것이 내 손안에서 내 머릿속에서 이뤄지지.
마치 기계같이
우리는 기계속의 하나의 수레바퀴.

서로가 없으면 공존하지 못해
슬픔보다 행복을 더 바라지 않겠니.
슬픈 건 싫잖아 너도 나도

행복할 수 있어
우리 행복을 바라보자.
어두운 길 말고
이끌어 나가면 돼.

너와 나는 균형이니깐.

달거울

보이지 않아도 느낄 수 있고
그림자 없어도 향기는 내 몸을 맴도네.

반쯤 가린 너의 분바른 얼굴
초승달 어린 눈만 남아 나를 바라보네.
매혹적인 너의 눈동자
짙지 않다고 슬퍼 말아라.
눈물 흘리기엔 너무 아름다운 눈이러니

오늘의 달은 너의 고운 자태를 비쳐 주기 위한 달이었구나.
세상의 달과 별이 너를 비쳐 주기 위한 거울이러니

온 세상이 너를 바라보고 있었구나.
아가야 슬퍼 말아라.

니 눈물은 구슬이 되어 보석이 되어 남을 것이며
니 시간은 아깝지 않게 하늘이 보살펴 줄 테니

부디 너는 너를 믿고 세상의 빛이 되거라.

우리는 아무 말 없이 서로를 지켜보고

서로를 미워하며

서로를 그리워하네.

말없이 조용히

서로의 사랑을 숨기고

서로를 원하며

서로를 떨치며

말없이 사랑을 번복하지.

나는 비가 내리면 당신을 생각하고

당신은 달이 뜨면 나를 생각하네.

너를 안으면

내 품에 쏙 들어와
내 마음에 쏙 들어와 앉았네.

니가 떠나가면
마음속의 너는 어떻게 빼내지.

보름달이 뜬 날엔

나를 그리워하는 너의 한숨소리가

바람을 타고 나에게 들려와.

나는 니가 힘들 때 옆에 있어 주고 싶고

너에게 만큼은 믿을 수 있는 한 사람이 되어 주고 싶어.

난 널 믿을 수 없어도

넌 날 믿어 주면 그걸로도 난 괜찮을 것 같아.

오직 너에게만 그런 사람.

오직 너에게만.

'사람은 살아가면서
꼭 한 번쯤 이뤄질 수 없는 사랑을 한다.

인연이지만 인연이 될 수 없는,
그리움을 안고 살아가야 하는
그런 인연.

그리워하는 인연과 사랑하는 인연은 따로 있는 것이다.'

명월화

하얀 달빛을 머금어
흰 꽃이 피었구나.

달빛처럼 부드러운 피부는
오직 너 하나 피기 위한 달빛같구나.

홀로 피어 주목받고 홀로 있어 더욱 아름다워 보이네.

외로워 말아라.
외로움 때문에 주목받고
그 때문에 아름다워 보이는 것이기에

나비야

그에게로 날아가
그의 빈 공간에 머무르다 날아가렴
그의 곁을 맴돌아,
나를 기억해 낼 수 있게

옛 영혼은 그를 감싸 나의 온기에 휩싸여
그의 차가워진 몸을 녹여 주렴
내가 잊힐 때 즈음 그의 공간에서 나와 곁을 맴돌며
네 향기를 품어

매 생에 우리가 마주한 순간마다
널 기억해 낼 수 있게

'나비는 인연을 찾아주는 능력을 가지고 있었다.

가끔은 알고 싶지 않은 인연까지도.'

힘들지?
그럴 때일수록 힘을 내.
그럼
니가 상상도 못할 더 좋은 날이 올 거야.

'이기는 연습을 하자.'

날개

너는 나를 구해 주러 온 영혼의 악마
검은 날개를 달고 나를 지키러 왔지.

니 품에 안기면 부드럽지만
나에게 좋지 않아.

나에게도 날개가 달려 있어.
날아본 적 없는 하얀 날개
너는 내 날개를 봤음에도 나는 법을 가르쳐 주지 않았어

너를 떠날까 봐.

나는 그런 너에게 화가나 너의 날개 하나를 부러뜨렸어
너는 추락했어
타락했어

날개가 부러져서가 아니야
검은 날개는 언젠가 사라지지

너는 나의 도움 없이는 다신 날 수 없어

나는 혼자서 날갯짓을 시도했지
두려웠어 무서웠어
하지만 있는 힘껏 날아올라
타락한 너를 내려다보면서도 가끔 너의 품이 생각나
내가 그때 날 수 있었어도 나는
다시 너를 찾아갔었을 텐데

'한때 나를 사랑했던 날개 잃은 타락한 천사여
세월은 가고 세월 따라 점차 너는 사라지네.

너는 내 손을 잡았니.
내 입에 잠시 입을 맞추곤 너의 어두운 우물로 갔지.

언젠가 사라져야 할 너와 나의 인연은
부드러운 바람처럼 왔다가 사라지네.'

장미

아름답지만 가시가 있는 매혹의 자태는
손대면 아픔을 느끼게 하지.

아픔을 감당할 수 있어야 그 아름다운 꽃을
만질 수 있는 거야.

너는 내 심장에 꽃을 심었다.
그 꽃은 너라는 물이 있어야 피어날 수 있지.
나는 느낄 수 있어.
시들 때 즈음 너는 내게 나타나 물을 줄 것이란 것을.
내 심장은 그렇게,
너로 인해 말라가고 너로 인해 뛰고 있었구나.

잠깐만 머물다 갈려고 했다.

하지만 내 손을 잡은 네 손이 너무 따뜻해서

어느 순간 나는 나도 모르게 너의 손을 잡고 있었다.

사람이 제일 아름다워 보이는 순간은

이쁜 옷을 입히고 예쁘게 화장했을 때도 아니다.

사람은 하고 싶은 걸 할 때 제일 아름다워 보인다.

인생은 가끔 조개 속 진주를 주곤 해.

생각지도 못한 곳에서 뜻밖의 선물이 오곤 하는 거지.

세월을 살다 보면

그 선물들은 니가 가질 수 있는 모든 것이 될 거야.

인생이 주는 선물들을 하나씩 풀어보지 않으련.

'나로 인해 차가워진 네 얼굴에
내 입김을 불어 따뜻하게 녹여 줄게.

얼어붙은 니 몸이 조금씩 움직여 나에게 올 수 있도록.'

Even if I cross the dimension and come back again,
I will love you.

I'm your lost heart.
나는 너의 잃어버린 심장이야.

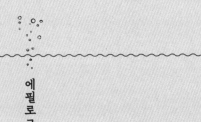

해피엔딩으로 끝났던 인어공주는 콤플렉스가 생겼대.

사람들을 잘 믿지 못하게 된 것,

하지만

그러면서도 믿고 싶은 건 인간이었어.
사랑하는 사람이 인간이고
사랑이란 것은 시간과 영혼을 뛰어넘는 것이기에.

사랑이란 것은
용서이기도 하고
시간과 차원을 뛰어넘는, 영혼의 부름이다.
사랑은
슬프고도 행복한 것이며, 아름답고,
영원한 것이다.

또한 콤플렉스는 사랑으로 완성된단 것을.

사람들에게 전해 주고 싶다.

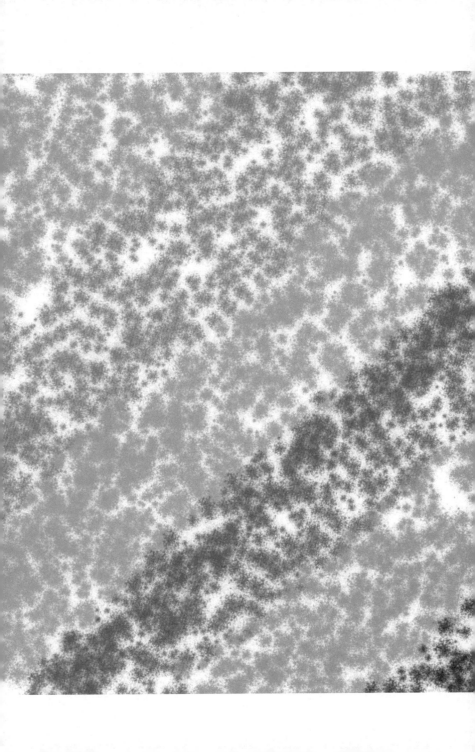

인어공주
콤플렉스

ⓒ 최서아, 2020

초판 1쇄 발행 2020년 6월 14일

지은이   최서아
펴낸이   이기봉
편집   좋은땅 편집팀
펴낸곳   도서출판 좋은땅
주소   서울 마포구 성지길 25 보광빌딩 2층
전화   02)374-8616~7
팩스   02)374-8614
이메일   gworldbook@naver.com
홈페이지 www.g-world.co.kr

ISBN   979-11-6536-531-8 (03810)

이 도서의 국립중앙도서관 출판예정도서목록(CIP)은 서지정보유통지원시스템 홈페이지(http://seoji.nl.go.kr)와 국가자료공동목록시스템
(http://www.nl.go.kr/kolisnet)에서 이용하실 수 있습니다. (CIP제어번호 : CIP2020023652)